台灣第一本女性散文詩集

解散練習

時光中的鳥獸散了，我們在高高躍起的瞬間擊掌，並大聲喊：『ㄙㄢˋ！』
就此在龐大而驟然的聚合裡，各分東西。

然靈・著

吹鼓吹詩人叢書／05

獻給我最親愛的爸媽、還有在天上佑著我的外公

【總序】

台灣詩學吹鼓吹詩人叢書出版緣起

蘇紹連

「台灣詩學季刊雜誌社」創辦於一九九二年十二月六日，這是台灣詩壇上一個歷史性的日子，這個日子開啟了台灣詩學時代的來臨。《台灣詩學季刊》在前後任社長向明和李瑞騰的帶領下，經歷了兩位主編白靈、蕭蕭，至二〇〇二年改版為《台灣詩學學刊》，由鄭慧如主編，以學術論文為主，附刊詩作。二〇〇三年六月十一日設立「吹鼓吹詩論壇」網站，從此，一個大型的詩論壇終於在台灣誕生了。二〇〇五年九月增加《台灣詩學・吹鼓吹詩論壇》刊物，由蘇紹連主編。《台灣詩學》以雙刊物形態創詩壇之舉，同時出版學術面的評論詩學，及單純以詩為主的詩刊。

「吹鼓吹詩論壇」網站定位為新世代新勢力的網路詩社群，並以「詩腸鼓吹，吹響詩號，鼓動詩潮」十二字為論壇主旨，典出自於唐朝・馮贄《雲仙雜記・二、俗耳針砭，詩腸鼓吹》：「戴顒春日攜雙柑斗酒，人問何之，曰：『往聽黃鸝聲，此俗耳針砭，詩腸鼓吹，汝知之乎？』」因黃鸝之聲悅耳動聽，可以發人清思，激發詩興，詩興的激發必須砭去俗思，代以雅興。論壇的名稱「吹鼓吹」三字響亮，而且論壇主旨旗幟鮮明，立即驚動了網路詩界。

「吹鼓吹詩論壇」網站在台灣網路執詩界牛耳，詩的創作者或讀者們競相加入論壇為會員，除於論壇發表詩作、賞評回覆外，更有擔任版主者參與論壇版務的工作，一起推動論壇的輪子，繼續邁向更為寬廣的網路詩創作及交流場域。在這之中，有許多潛質優異的詩人逐漸浮現出來，他們的詩作散發耀眼的光芒，深受詩壇前輩們的矚目，諸如：鯨向海、楊佳嫻、林德俊、陳思嫻、李長青、羅浩原等人，都曾是「吹鼓吹詩論壇」的版主，他們現今已是能獨當一面的新世代頂尖詩人。

「吹鼓吹詩論壇」網站除了提供像是詩壇的「星光大道」或「超級偶像」發表平台，讓許多新人展現詩藝外，還把優秀詩作集結為「年度論壇詩選」於平面媒體刊登，以此留下珍貴的網路詩歷史資料。二〇〇九年起，更進一步訂立「台灣詩學吹鼓吹詩人叢書」方案，獎勵在「吹鼓吹詩論壇」創作優異的詩人，出版其個人詩集，期與「台灣詩學」的詩學同仁們站在同一高度，此一方案幸得「秀威資訊科技有限公司」應允，而得以實現。今後，「台灣詩學季刊雜誌社」將戮力於此項方案的進行，每半年甄選一至三位台灣最優秀的新世代詩人出版其詩集，以細水長流的方式，三年、五年，甚至十年之後，這套「台灣詩學吹鼓吹詩人叢書」累計無數本詩集，將是台灣詩壇在二十一世紀最堅強最整齊的詩人叢書，也將見證台灣詩史上這段期間新世代詩人的成長及詩風的建立。

若此，我們的詩壇必然能夠再創現代詩的盛唐時代！讓我們殷切期待吧。

【推薦序】

說好解散，再用霧扶正

嚴忠政

然靈在時空中的某一點，寫詩。書寫的時候，陽光有一定的角度，花草有限定的季節；但由於想像力的加力，拉長的句子就像拉長的影子，原本凝止的時空就這樣繼續奔跑著，拉長了物質原有的形態與形色，乃至拉遠了它們與現實世界的比附關係，卻又比歷史更真實。最後，演繹為一種「似在」而又「非在」的影子。

你看到的，大抵就是影子了。

有人說，「散文詩」和「散文」的區別在於前者有著詩意自足的文字。或說，散文詩具有詩的暗示性。但是這樣還是不能解釋，散文詩為什麼要捨棄分行詩的形式（特別是斷句與分行的美學策略）？更不能說明然靈的《解散練習》，如何策動一整本的散文詩，戲劇性地與萬物密謀。例如：

故鄉下雨了，母親撐傘，怕我在電話那頭被淋濕。（見〈傘〉）

我要用鹽，調一座海洋，將父親的白髮撒成波浪；（見〈生日願望〉）

但你逆光的身影倚著巷口，進入了螢幕保護程式。（見〈逆光〉）

如果詩人敘事的手法，可直接，又毫無轉圜地帶出戲劇性，那麼又何須以切斷的語法來懸宕種種驚異。於是，然靈一鏡到底，利用特殊的辨位方式，將〈傘〉一詩中，那把母親撐起的傘，從故鄉拉長到電話那頭。話說，「怕我在電話那頭被淋濕」，但「傘」實則為似在而非在的影子。而〈生日願望〉裡的鹽，同樣是毫無轉圜地成為「一座海洋」；〈逆光〉裡的「巷口」也旋即成為「螢幕保護程式」。以上的靈巧，分行反而顛躓。於是，然靈寫下時空中的某一點，但意象奔跑著，拉長，也拉出了審美距離。

你看到的，大抵就是影子了。

甚至是有了「因為」，不見得「所以」。

這本散文詩集，先是運用散文的線性敘述，卻又在你未及察覺時，將詞性摔破、將邏輯解散，等你暴跳、疾走，一道月光就被折彎了，散文也被折彎了，一時之間，童話塞進了各種抽屜，只露出一點尾巴。例如〈沒人街的電話亭〉：「雖然沉默是孤獨的黃金，但是沒人街的電話亭更羨慕一字千金的郵筒。」或像〈昨夜她夢見自己變成法國人〉：「因為沒有鳥，所以天空蹲得很低」，乍看如童話般的話語，背後卻隱藏著更大的文化認同，表現在塞納河與濁水溪的置換。而〈走音〉、〈道貌岸男〉等詩篇也都等待著讀者來聞聲，辨位。

除此，更多服膺於童話的詩作，不見得是要承載什麼義理，但是讀者看了，可能不笑反哭。例如：

雲啊，你要把天空開到哪裡去？（見〈風箏〉）
雲會不會將自己揉成一張紙屑，丟我！（見〈離開〉）
所有的夢中小孩穿著過大的西裝，手拿著玩具，（見〈故事〉）

然靈有意識的編纂各種印象，並以童話般的語境，穿著魔女特有的斗篷，大玩筆尖意象。只是這一玩，容易令人忽略原始語境，是從哪一個主題出發？究竟要帶讀著去哪裡？當我們認真讀進去，才發現，然靈的「童話」多半是形影互滲，一旦影子被擊沉，思想主體便帶著更大的憂傷，消失於虛設的酒窩之中。其中情境，正如〈將夜〉：「一隻鳥居高臨下，將黑暗撲倒在身上」。

《解散練習》全書分為六輯，每一輯與其說它是某某意識的集合，不如把每一首詩看作是從「青年旅館」走出來的背包族，從「解散」陳俗套語開始，「練習」自助旅行。所以她筆下的泰國、巴基斯坦、新加坡都不會只是一本旅遊雜誌而已，而是能從心跳找到意義的那種書寫。

【推薦序】

靈巧與古怪的詩人——然靈

黃智溶

女詩人然靈擅於將陳舊或平凡無奇的題材，寫得妙趣橫生，興味盎然。她有時借用文字上形、音、義的相近，有時誤用圖象中顏色或形狀相仿，產生一種遊戲與隨性之外又富於稚氣與理趣的意外效果，乍看很無厘頭，仔細一想又有些道理，就是所謂——既解構又結構的詩趣。如〈烏龜和烏鴉〉：

同樣的烏名，充塞在天地之間。
烏龜問烏鴉說：「你是一種夜嗎，用身上的黑，為光明點睛？」
烏鴉也問烏龜：「你也是一種葉嗎，用背上的綠，規劃季節？」

石頭聽見了，以為自己是一種烏雲，用堅硬抵抗世界太多的悲傷和軟弱。

在這首詩裡，烏龜、烏鴉與烏雲，只因為都姓「烏」，竟然莫明其妙地聚在一起，再加上運用了「夜」與「葉」的諧音，組合成一首充滿奇趣的詩。

有時她也會將兩種物質的特性對調，類似超現實畫家——馬格利特手法，如〈砍樹〉一詩中：

十年了，祖父躺過的地方，一直都很生冷。被祖父養大那條小黃狗，叼出了自己的肋骨，和稻草人交換一個——成熟的位置。

在土地公廟旁跟父親一起喝酒的榕樹，醉得吐了父親渾身的年輪，父親就這麼皺了。

你砍下了那棵樹。蟬都爬進了耳朵，叫響了你的一生。

其中，「吐滿地的父親」與「有年輪的榕樹」因為喝醉的關係，竟然交換了兩者的特質，成了「榕樹醉了吐滿地」與「父親因身上被吐了年輪而皺了」。而最令人匪夷所思的就是，整個情節竟然那麼的生動自然，且又充滿著濃濃鄉野奇情。

第一次進入然靈的部落格，看到的盡是一些ʌ◎╫鳥可以證明我很鳥、然色小烏鴉、浪跡天鴉等鮮活跳脫的文字與符號，充滿著正規文字之外的野趣，像我們鄉下孩子們，喜歡在收割後的稻田裡玩遊戲、打泥巴仗、臉塗泥巴嚇人，看似無賴，心底卻是純真的。

因此當我仔細玩味然靈一些怪異、匪夷所思的詩句時，感覺就像是欣賞鄉下野ㄚ頭玩泥巴仗，偶而也會閃避不及被流彈砸到，沾到一坨清香的泥巴。

她的文字風格也迥異於時下的女性詩人，既不施朱塗粉、也不端莊賢淑，反而像那個喜歡臉上塗抹泥巴嚇人、頑皮的野ㄚ頭。就像讀了〈砍樹〉一詩，感覺被榕樹吐的一身充滿酒氣的年輪。

她詩中所呈現的畫面，有時像達達般的荒謬，有時卻如超現實般詭異與新奇，她的散文詩更是充分這展現這些特色，如〈風箏〉：

小時候稻草人想跳成麻雀，在田裡種了羽毛。

小女孩仰著天問：「雲啊！你要把天空開到哪裡去？我的風箏還沒趕上妳的眼睛，讓夢把手伸進去，打開幸福的門。」

最後所有的魚都飛起來了，因為童年在海裡放風箏。

稻草人在田裡種羽毛、雲在天空駕駛、童年在海裡放風箏、所有的魚都飛了起來。這些瑰美絢麗的畫面，組合成一道多重感官的的心靈饗宴。

猶記二〇〇九年十一月，歪仔歪詩社同仁們，造訪然靈梧棲老家，午後冬陽，溫如老炭，一夥人躺在收割後的稻草堆上小寐，順便就草堆上舉行畫展，欣賞她的「塗鴉」之作，鮮豔的色彩與金黃的稻草，映成野趣，箇中情味彷彿此詩之境。

最後，再舉一首〈喝水〉詩：

水裡開滿櫻花，而且石頭是軟的。

「真好，不愁沒水喝了！」烏鴉站在水中想著。

牠的影子在剛發芽的樹上，等水升上來。

這首詩剛讀的時候，真是一頭霧水，後來想起起了小學課本有〈伊索寓言——烏鴉喝水〉的故事來，但是，這隻小烏鴉不僅是聰明的，知道要放石頭，牠還更有耐心，要等影子發芽，櫻花樹生根，讓水慢慢升上來。別號小烏鴉的然靈，我們期待她也像這首詩一般，發芽、茁壯、生根，開滿櫻花。

詩集中還有很多我喜歡的詩作與奇句，如：

「故鄉下雨了，母親撐傘，怕我在電話那頭被淋濕。／電話這頭是晴朗的，而我正淋著雨，衝出去買傘。」〈傘〉

「然後，我們開始瘋狂大笑。所有的口罩在還沒被鼻樑卡住前，都是一只太快樂的風箏。」〈口罩〉

其他，還有更多驚奇的詩句與鮮活的詩意，等待大家的探險，我就此淺嚐即止。

【推薦序】

出口

尹雯慧

我不懂詩。

我想說的，其實是那些在日常生活裡經常攀爬在瑣事的間隙中，細如蛛絲且無所不在的，無法言喻的感覺。比如說，你在急急覓食的途中，走過一個全身腐臭的乞丐，你遲疑並停下腳步，把手伸進口袋，最後決定掏出零錢買下和乞丐僅一步之遙的香辣鹽酥雞，再快步離開；比如說，你拎著好不容易排隊買到的爆米花和可樂，準時坐在觀眾席上等待電影開演。燈光全暗後，一位遲到的觀眾匆匆抵達，並在粗魯地越過你的面前時撞翻了你的飲料，以致昂貴的新衣瞬間報銷，你不知該留下看完電影，或衝去乾洗店，還是先痛扁肇事者，最後只是坐在原地；比如說，你這個月的薪水已經所剩無幾，眼前卻出現渴求已久的夢幻提包，你考慮再三決定忍痛不惜重金買下，飄飄然回家後卻在拍賣網站上，看見同款商品正以你出價的二分之一拋售……

總是有某些真實的時刻，我們說不出話來；這些細微的尖刺感通常讓人無法忽視，而且如影隨形。我在旅行的遼闊中拉開距離，而然靈用詩包裹自己。

認識然靈多年，開始接觸她的詩，卻是近幾年的事。那些美麗的文字排列組合一旦拿在手裡捧讀，就讓人毫無招架的餘地，非得一口氣看完不可。誠實地說，因為她的作品精神植株在其生命的種種歷程中，我恰好也是被經驗著的其中一部份；也因此，翻讀之後產生的力道，便不僅僅只是臣服於其文字魅力那樣輕易，而是深刻撫觸她悲喜的稜線後，自然而然從心底汩汩然湧現綿長的震撼與憐惜。

她擅長打造意象的城堡，將一個又一個象徵的精靈點綴其間，華麗炫目，姿態豔麗無倫。更精巧於砌築一道芬芳小徑，引領你走進欲探究竟，卻在峰迴路轉的瞬間，將一個全然緇黑如墨的世界向你砸來，令人措手不及。有時你會因為詩裡出現粉紅豹般的卡通詼諧而放聲大笑，可總會在笑聲方歇就感到一股不自在瞪視著你，以為自己方才是不是神明讓你起乩……。那樣的精準銳利讓人讚嘆，對人生中的幽暗，刀起刀落的敘述明快而鮮活。不過，再仔細凝望進去就會發現，語言鋒刃的邊緣，長滿了靈魂脆弱的苔蘚，長期不為人知的陰鬱餵養之下，竟使其奇異地繁茂起來，在她某些首詩的邊境，不小心越了界。

於是，她留下了一些油漆未乾的腳印，在創作的路上。

卡爾維諾用他的真實與想像論述了城市，無論記憶，慾望，符號，死亡與天空。我曾在最惶惑的青春歲月，用雙眼張開一張世界地圖，試圖走過一座座被夢想標記的城市，輾轉的漫漫途中，偶有然靈在千里之外，焚詩為我取暖。那火焰是如此的美好啊，讓我在多少個原本寒涼荒蕪的暗夜，得以看見自己今生的輪廓而勇往直前。然而，光滅之後的餘燼裡，我卻看見那不是詩塊／屍塊，是她對愛情的想望，對生命的熱愛，對未來的悵惘，對親人的關懷，對記憶的眷戀，對一切存在的質疑和忍不住想要擁抱的心。

我真的不懂詩。不過，也許你明白，詩裡可能不會有解答，但是，出口無所不在。

輯一

逆光

輯二

日記

輯三

故事

輯四

旦書

輯五

解散練習

輯六

逆旅

輯一

逆光

砍樹

十年了，祖父躺過的地方，一直都很生冷。被祖父養大那條小黃狗，叼出了自己的肋骨，和稻草人交換一個——成熟的位置。

在土地公廟旁跟父親一起喝酒的榕樹，醉得吐了父親渾身的年輪，父親就這麼皺了。

你砍下了那棵樹。蟬都爬進了耳朵，叫響了你的一生。

風箏

小時候，稻草人想要跳成麻雀，在田裡種了羽毛。

小女孩仰著天問：「雲啊，你要把天空開到哪裡去？我的風箏還沒趕上你的眼睛，讓夢把手伸進去，打開幸福的門。」

最後所有的魚都飛起來了，因為童年在海裡放風箏。

辦家家酒

在陽光還沒醒來之前，我反覆用魚，證明自己的潮濕。

一場大雨，淋花了我剛畫好的童妝，口袋裡滾落的彈珠升高一群麻雀，把天空養大了。

我拿著爸媽結婚時的喜糖帶螞蟻回家了，但是寄居蟹沒跟上，我灑在腳邊的奶粉屑。

最後我終於躺在陽光下了，偽裝成你路過的陰影；不斷地用浪，製造自己的回音。

傘

故鄉下雨了，母親撐傘，怕我在電話那頭被淋濕。

黃昏的天空剛停經，時間需要抹片檢查。我仍記得母親偷偷訴說初戀時，暈上臉的那片晚霞，不需要化妝就很好看；那時父親只是課本裡老師還沒教的生字。

電話這頭是晴朗的，而我正淋著雨，衝出去買傘。

生日願望

故鄉的雨，下完了我的童年。

二十歲那天，我等了二十年的第一個生日蛋糕，依舊沒有出現。母親說：「父親在工地的鷹架上，畫了一道彩虹給我。」

我要用鹽，調一座海洋，將父親的白髮撒成波浪；就讓我是一尾最乖的魚，劃一圈圈的漣漪，把母親投給我的青春歲月，全數退還。

雪海

——致女詩人蘇白宇

我在陽光輕盈的午後，收到一場雪。
「雪終究要還給海的」妳說。張口吞下眼耳鼻，卻留下了結舌！
說白雨一直下著……下著，交織成煙嵐飄起；等待宵草張燈，坐看風起時的星辰。
我有了一座雪鬆懈的海。

註：女詩人蘇白宇，著有詩集《待宵草》和《一場雪》，散文《坐看風起時》及翻譯《風沙星辰》。部落格「蘇嬿白宇的世界」：http://whiteworld.pixnet.net/blog。

口罩

母親給了我一只口罩。

所有的人都貼著牆，卻都蒼白地彈不出回音。失聲的眼癢癢的，忍不住搏揉著每一種天色。

你是我最親密的呼吸，讓我們一起行光合作用，讓你也感染我的病。

你的口罩只夠讓你閉嘴，你卻用耳質問：「我每一次的回首，為誰？」擁著彼此的病相遇，你的背影是四月太熟的景點，我只好轉涼。

然後，我們開始瘋狂大笑。所有的口罩在還沒被鼻樑卡住前，都是一只太快樂的風箏。

最後我還是乖乖的戴上母親給我的那只口罩，因為所有的小孩都應該聽話。四月的你太吵，而我有沉默的權利。

紅燈

你說：「殷紅的夢，永遠不會貧血。」我卻聽見母親的血，漸漸地
貧了！因為她把夢，都給了我。

於是我用年輪練習，把歲月纏緊；用海浪當夢的鏈條，將自己踩成
一輛腳踏車，拐回童年的懷抱裡。

就讓肉身趴滿斑馬線吧！我會記得經過你時，你的心跳竟為我缺了。

夢

夢是靈魂的君王。

耳朵割下梵谷，不聽世界的話；憂鬱一旦被發表，就像一瓶老氣的可口可樂，連打一口飽嗝的勇氣都哈不起！

你夢見自己是一隻壞水蛭，不愛吸血，卻愛喝汽水。

下一個夢，是一棵睡著的樹，夢見自己是通往天堂的一條秘密小徑，沿途將葉落成時間的名片。

逆光

秋天踩動了我，血的鏈條在身體裡喀啦、喀啦地作響，拖著小鎮和
風聲轉彎；「再見、再見……」你的手對我說，回音還兜著圈子，
但你逆光的身影倚著巷口，進入了螢幕保護程式。

和平島[1]

雨季躡腳搭船，我跟著入港了，身上點滿漁火。

人群在車站列隊直至東岸碼頭：「歡迎光臨。」傘下的和平島，有

蒼鷹的著落，聽說魚群在那牽著海平線跳繩。

你可是萬人堆[2]裡的那個巴賽人（Katagalan Basaijo），把蕃字洞[3]裡

的荷蘭，唸成浪濤給我。

註：

1、和平島在清朝前期時稱「雞籠嶼」或「大雞籠嶼」，為北台灣最早有西方人足跡的地方，也是基隆最早有漢人入墾所在之一；在西元一八七〇年為了要與東北方海上的「小雞籠嶼」（即今天的基隆嶼）區隔，因此改名為「社寮嶼」，即凱達格蘭人大雞籠社房舍聚集之島嶼的意思；最早島上的原住民為凱達格蘭族的巴賽人（Katagalan Basajo）；至一九四九年國民政府播遷來台後才被改名為和平島。

2、萬人堆位於和平島北端的岩岸，因常年受海蝕風化而形成許多奇石，貌似浴池、花瓣、梳妝台等。分佈散落四周的石頭，又如同人頭一般，因此稱為萬人堆，景觀特異。

3、蕃字洞洞長二十公尺餘。傳說為鄭成功攻退荷蘭人時，荷蘭人的最後據點，蕃字洞內石壁留有古荷蘭文字，如今已成為基隆的古蹟之一。

那那[1]

我們向文明跨步，成為連綿不絕的峽谷，看鐘蹲著打聽，海的聲音；雲蓬著頭來梳髮，馬尾是一條瀑布。

那些佈滿荊棘的手已伸出彈孔，在波峰和波谷之間吊橋，烽火是一團在指節間安息的繭。[2]

我們的腳步被那那吆喝回來，耳是一處辨別鄉音的壺穴[3]，江心仍暖。

註：

1、暖暖區位於基隆市之南面，原為平埔族石碇社的一支，名為那那社，因泉州安溪人移入開墾後，便雅化命名為「暖暖」。

2、一八八四年八月，法軍遠東艦隊開始對基隆及台灣北海岸砲轟進襲。一八八五年三月，清軍退至暖暖，清法二軍隔著基隆河對峙，四月中法議和，戰鼓方才歇息。

3、暖江壺穴位於基隆河暖暖峽谷，基隆河流經此處，將暖暖砂岩段貫穿，形成陡直峻峭的峽谷地形。

八斗子[1]

文明在換番[2]之地物色妳。

螃蟹扛來一塊煤[3]，在潮間種火，給妳浪淘不盡的黃金歲月。

八斗的巫又在那盞最鹹的燭光中唸咒，只有魚蝦才聽得懂的梵音：

「惡退吧，不要來侵襲我族靈魂的家屋！」

百年後妳長長的背影是一條望海巷，貝齒被一塊塊太重的臉壓著消波。

註：

1、基隆八斗子早期曾住有平埔族的女巫，女巫居住的地方因為音似「八斗」而來。

2、換番即現在的望海巷。據說以前在八斗子東南側的番仔澳都是平埔族居住地，當八斗子的漢人與平埔族人要進行物質交換時，彼此因懼怕而不敢到對方的居住處，因此相約在此地進行物質交換。

3、八斗子的煤礦曾是當地最重要的產業，產量豐富，煤質優良。清朝第一口官煤——清國井即設在此地。

輯二

日記

日記

溫習你。

從雪天的禱詞一路走冰，穿越地界、藍色果凍海和駱駝灣，把身體當成山陵上的纜車往夏滑（嗯！空氣有些崎嶇，是不是絆到你的呼息？），腳下有蹦跳的溪流、綿羊（那是一群移動的雲）、過換日線後的煙火、新年、倒數的晨曦（五秒後地面的人將全部升空）……。

然後我降落在廣場的馬背上，披著斗篷的騎士胯上摩托車離開了，狗吠聲狂追著他！看到這一幕的你請倒轉，回到革命前夕。

把潑過水後的天空交給你隱形

——致詩人果果

你離開萬公里，他們寫了懷人，把詩翻來覆去，甚至譯成心經，要你勇敢遼闊，要你的波瀾好好琢磨天空，我們都知道現實一體有兩面，我們有四面佛。

街頭傾著象潑水，一定打了什麼主義，是超現實還是石頭，要你僅存碩果；多少探問的目光，在你眼中熄火。真理高貴不貴，交在惡魔手上販賣，使得月光萎縮，卻神奇的大放異彩，我也和星星拼命殺價，因為世界是個黑市。在絕命終結站的時候，也有人懷念我，日子總是很幹，卻還是硬著頭皮幹下去。

「天啊，我遠離你們寫詩的派別了！地鐵路線搭載的人們與我，說了什麼與你們無關的話……」那是在中央車站，我要繼續「寮」下去，走快一點彷彿就能跟上天涯，愛的人在那裡嗎？我們也提起水桶，把雷、頭上的鳥屎、和狗屁人生都潑出去吧！

把潑過水後的天空交給你隱形成果實，吃吧，絕不會害你！

昨夜她夢見自己變成法國人

昨夜她夢見自己變成法國人，坐在塞納河畔，想像濁水溪。

「猴早！」這是她學會的第一句台語，因為沒有鳥，所以天空蹲得很低，陽光跑到聖圖安門市場跳腳喊價，一本《八里》的絕版詩集令她心癢。她用艾菲爾鐵塔的高度仰望一〇一大樓，在St‧Lazare車站素描台北捷運，偶爾也將聖誕老人幻想成老兵，彷彿只要穿過凱旋門，一生就大捷了！

而她和他的相遇，將是純潔的畫布上，安置得最美的風景，在左岸一起啜飲的熱Lait（拿鐵），被緊張攪拌成豆漿的時候，玉山正好下雪。

她

她將一生的華麗溶成一盒水彩，為了保存六歲時第一次看見的彩虹。

十三歲時的第一次月經讓她學會像母親那樣貧血；二十歲她在他的掌紋裡找到三十歲的魚尾紋；五十歲故鄉的鑰匙打開了肚臍；七十歲她沉默成一株鳳尾蕨，把呼吸聲拉尖搔記憶的癢。

八十歲時他憂鬱成蒼蠅的複眼，不斷地磨蹭著牙刷，一直想把她的樣子刷清楚；但失聲後的唇，竟萎縮成一顆過瘦的牡蠣，被浸泡在喝剩的XO裡，除腥。

他

他寫了一首飛鼠口味的詩給她。

「讓我們用霧扶正
開窗時不小心絆倒的上弦月
用星星遮住
夢的私處
用年輪轉動
一座森林」

她把肌膚磨成了糖送他，他笑成了一條魚，為了投向她的酒窩，把相遇的夜色，再度濺起。

牠

牠吞下了自己的影子，嘔出β胡蘿蔔素、葉酸、菸鹼酸、維生素群、微量元素……和夜交換一具健康的夢。

「原來活著比一顆綜合維他命更病態！」

天亮後，牠不斷地燃燒脂肪調高世界的熱量，為了瘦身。

祂

一隻蚊子在祂背上叮出一雙乳房。

「原來貧血的時候，連靈魂也是癢的！」

祂打開窗戶，從眼睛裡挖出一湯匙風景，在與夢擦身的轉角，將自己放進去。

聽海

她坐在海邊鱗剝陽光，浪在耳朵裡鋪陳溼地，天空是一張衛生紙，以沉默保持乾淨。

沙灘上的一隻耳朵發聲，她聽不清那是世界的告白或論爭，那只是一種遙遠的吵鬧，被上帝的頭燈照亮。

她和他維持安祥的關係，用孤獨互相照顧，隔著一座海，濕意總是靜得相通。

走音

一名歌手把身體關在吉他的音箱裡。

他聽見戶外的掌聲不斷鼓動著他的雙手，時光千篇一律憂鬱，只要用聲音撩撥語言，感情就能準確走音。

他一直唱一直唱，直到寂寞結帳，才將手插回胸前，揹著身體走了。

錶

他給她一只錶。

那是一切現象的表面，如同一棵樹的枝椏突然合攏，將剛停棲的一隻鳥打擊出去，但影子並沒有察覺。

他始終沒有告訴她，那不只是普通的錶，而是需要她的時間。

別

一、

滿街的斑馬線，其實就是我等妳的證據，只是妳拒絕當一匹斑馬，
在夜質的肌膚，黥上陽光！

二、

不知是什麼時候，我的身體開始變形成兩隻不食人間煙火的細菌，
互相啃噬著彼此的心，為了要把妳吃乾淨！

三、

我們等待的果陀真的有來，只是在火中，用雪離開了。

等

「如果我沒來，妳怎麼辦？」

「不知道，也許繼續等吧！」

等他打那走過，她才發現剛下的那場雨，是淋在他身後的美乃滋，整座城市是一棟棟的蛋糕，吹向她臉上的風都剛吹完蠟燭，每個路人都在冒煙。

「等多久了？」

「四個小時有吧！」

她覺得其實並不久，只是他很遠，燭光四面八方地燒，每個亮點都在吐舌頭，她只是想跟他說生日快樂，然後看他開心地笑，在緊要關頭把舌頭伸回去歌唱。

「晚餐吃了嗎？」

「嗯，咖啡。」

他終於在火燄中心向被吹熄的她走來，而靠她最近的煙圈，剛燒完一間咖啡店。

離開

離開是為了再回來嗎？

雲會不會將自己揉成一張紙屑，丟我！

「笨！你不知道，星星一直用陽光包養回憶嗎？所以不要責怪距離，又將新鞋穿成開口笑的貝殼，去海邊作夢。」

輯三

故事

天空的日記（一）

「把世界的顏色關在門外，用一種透明的芬芳去探尋成灰燼的美麗記憶。只發覺，你燦爛的笑滯留在死寂的空氣、我逐漸缺氧的腦海裡，好久……好久……」

一隻迷路的彩蝶對風這麼說，在冬來臨之際。

風說：「我漂泊的命運呀，繫不住永恆。」

於是，風與蝶追逐了一生。

天空的日記（二）

你是煙囪裡那股悠然的煙，裊裊而上；而我是燃燒過後的灰燼，自焚只為了仰首，多看你一眼。

烏龜和烏鴉

——同樣的烏名，充塞在天地之間。

烏龜問烏鴉說：「你是一種夜嗎，用身上的黑，為光明點睛？」
烏鴉也問烏龜：「你也是一種葉嗎，用背上的綠，規劃季節？」
石頭聽見了，以為自己是一種烏雲，用堅硬抵抗世界太多的悲傷和軟弱。

金魚

一條被養在婦產科裡的金魚問玻璃缸：「妳要懷多久的孕，才要將我生下來？」

聽著嬰兒在羊水外大聲地啼哭，玻璃缸說：「孩子，你是大海的私生子，我只是豢養你的試管，為了在陸地成就一處潮濕的風景而存在！」

和平鴿

下午，和平統治了公園。

被小孩嚇到的鴿子躲進故事，成為我手上的書。為了打消革命的念頭，牠們混進我的思維，將一隻烏鴉包圍，勸牠繳交所有的羽毛。

「那是為了清白，必要的掃黑。」鴿子說；烏鴉大叫著飛出故事，嚇跑小孩。

草皮闔上了下午，而和平愈演愈烈了！

稻草人

一隻白鷺鷥孵著蛋。

一顆裝滿稻穗的蛋，即將有一個稻草人出生，世界的重量又將多一點。

他將擁有一頂小溪用雲編織的新斗笠遮陽，在螃蟹裁好的一塊塊沙灘上，種更多的鹽田，灌溉颱風過後愈來愈禿的山。

香火

老人醒來酒醉，大清早成為鎮上唯一的凌亂不堪。

原來物質是反腸胃的，臉孔吐出雙眼，剛送來的晨報流出汁液，老人愉快地作嘔；於是老人的鄰居澄清日常的飲食，皆是祭神的行動糧，剛好舉頭，三尺內都問心無愧。

老人的妻捻香，發黃的天花板氤氳繚繞，被廚房炊煙燻著、還有丈夫的抽菸。命中注定的兒孫都是野生的，吃草去了！

「幹！」老人想起小時候放牛，家裡的酒都是給鬼喝的。

剪影

草地上沒有人，卻有一片人影躺在那。

風不斷從他胸前的裂縫穿過，使他拉緊了胸口，以免被扯破；一朵銀色的雲飄過來，天空重得下壓，他竟然看見了自己的模樣！

「你……為什麼你照得出我的樣子？」影子疑惑的問。

「我只是趴著，想看看你，就算你化成灰燼我都認得！」雲說完翻過身去，輕快地飄走了。

草地上聚攏的人影愈來愈多了，他開始害怕被黑暗淹死。沒想到他開始長大……長大……強壯成一堵牆的剪影。

陽光從他身體上大大小小的裂縫穿過去，風也鑽過去，一個跑過來的女孩站在牆邊，臉上的汗珠銀光閃閃，影子嵌進他的心裡。

這是一刀未剪的天黑前。

沒人街的電話亭

沒人街的電話亭總是懷念有話講的歲月，也羨慕不言而喻的郵筒。

沒人街在滿街都是人的時候，有話要說的人蜿蜒了好幾條馬路，就算電話沒人接，還有下一通會抵達；如果前往途中被掛掉，就會產生咒語。

但是現在沒人街的電話亭真的沒人接了，只有接風的季節，而落葉是一路流乾的口水。

雖然沉默是孤獨的黃金，但是沒人街的電話亭更羨慕一字千金的郵筒。

道貌岸男

良家富女破宮了，裙擺流出了大量精蟲。

她倉皇地丟棄了子宮，卻又抱著乳房折返兒女的哭聲，道貌岸男又劈腿了，他曾經拍拍胸脯保證不外洩，卻讓多雲形成胚胎，反覆淫詠發春的詩篇。

不、高、性、嗎？酒池和肉林一直維持政經關係，成為斯文的中流砥柱，究竟道貌岸男有過多少不良負女？八卦的時候，請不要污辱動物、連累野獸，那只不過是一隻雕蟲罷了！

故事

故事從童年的床邊滑落，所有的夢中小孩穿著過大的西裝，手拿著玩具，蜂群般湧進早班地鐵。掃帚號捷運裡，打呼聲在座椅上東倒西歪，掉落的玩具們紛紛找到家人或同伴。

火箭般飛升後的掃帚在月亮站停下，小孩成蟻隊補成人票，脖子上的尾巴終於長回屁股後面。他們縱身躍過月亮，聽到玩具說：「明天不是還要上班嗎？」而故事已經被老闆掃地出門了。

喝水

水裡開滿櫻花，而且石頭是軟的。

「真好，不愁沒水喝了！」烏鴉站在水中想著。

牠的影子在剛發芽的樹上，等水升上來。

水龍捲

漣漪在魚口中，不斷地上升……上升，形成水龍捲，渦輪工業已經在海上形成旋風。

地平線是架設太空電梯的纜繩，由星光幫超連結，讓你遠離塵囂在冥王星早餐。

入侵地球的外星人秘密地採集漣漪，不過他們還很菜，不小心就會在陰溝裡翻船！

點滴

雨不斷地下著……下著……被你抽掉了一大行。

「那是必須保持乾燥的霧區」
「衰老後要降落的，記憶的點滴」
「讓燈光從窗內爬出來，與迷惘的未來照面」

時間佈滿了水氣，那是我們蒐集夢的截角；雨持續下著，我沿虛線
剪下了大霧。

輯四

旦書

旦書之一：Thailand出鬼

你那裡的天空有比較輕嗎？那麼多的大象幫忙扛著，風可以跑得比較快，掀起佛祖的黃袍，讓你看見的城府都跪著，因為天的詩哈瑪、地的菩提。[1]

你可以在沙沒巴幹（北欖Nakhon Sawan），遇見時間薈萃的古城，把昨天的腳也留在博物館。歷史是露天的，像那些野生動物；而此刻興奮的你，是屬於熱帶的。你也可以在天使之城（曼谷Bangkok），聽見革命演說著孫中山先生，或在三寶公廟[2]的柱，聽見航海的聲音；蹲坐成那萊王[3]，大鵬鳥就為你傳說，你是自由聖土（Thailand）的守護神。

六月半的鬼都出動了嗎？撕下面具，讓矯情都不再貼紙。[4]「萬善之淵府，總持之林苑」，我卻不歸經「阿含」，繼續在佛眼裡，寫華麗的詩犯罪，歡騰衆鬼。[5]

你也在夜裡，臥成一尊佛，讓我做的夢，都有風吹，我瀰漫著孩子氣。

註：

1、巴真菩提樹位於泰國巴真府詩馬哈菩縣鵲畢區萬考村，是泰國最老、最大的菩提樹。詩馬哈，是極大極美極崇高的形容詞。

2、三寶公廟：有世界最大的航海家鄭和神像。為紀念一七八二年曼谷建都時打下的第一根樁、人稱「國柱」。

3、泰國國徽圖案是一隻大鵬鳥，鳥背上蹲坐著那萊王。傳說中大鵬鳥是一種帶有雙翼的神靈，那萊王是傳說中的守護神。

4、泰國的鬼節每年都於六月中旬在黎府舉行，非常受當地人民的重視，主要是向上天祈求風調雨順，希望來年稻米豐收。遊行途中，「眾鬼」不但會向圍觀的途人扮「鬼臉」，還狂歌熱舞一番，期間的歌曲甚至以搖滾音樂為主，有時更有樂隊現場伴奏。

5、小乘佛教的主要經典包含四部佛經，合稱四阿含，是原始佛教基本經典，乃「萬善之淵府，總持之林苑」。

旦書之二：Bangkok喝光

Bangkok的熱，一定是所有的風，都跑去吹牛了，日夜都聽得見蟬
要命地誇飾夏天。

湄南河是你的台北捷運，每站都要積水、浴佛、光顧水上人家。那
些寶塔，指標著光明上漲的匯率；而整個Thailand除以天使，就是
你的商。

在這的我將風用衣架掛好，好讓星光吹來的時候，心裡有數；數幾
隻小於商的大象，填充我的島。

記得光，要趁熱喝，不管在哪的我們，都有了涼爽無比的夢。

旦書之三：亮象

原來呼吸，是一隻堅強的象，容納思念的亢長。

讓大象倒立吧，時間打烊，你用意念升旗，白床單在天空搖籃。

微笑的菱角，是波浪的周長，風跟著鳥獸散了，聲音裡長出橄欖。

不要問我從哪裡來，眼睛有煙你就瀰漫。我的故鄉在遠方，夜是我失眠的數羊，為什麼流浪？流浪遠方、流浪你熟睡的牧場？為了小鳥小溪的口香糖，草原是青箭，嚼嚼清涼又舒暢。

還有還有還有，為了夢中的瑪奇朵大象，星星加焦糖等於綠光。不要再問我從哪裡來，我會回答在路上，或者路上的咖啡館。

旦書之四：Sialkot踢足球

在那，有幾萬顆足球的心臟，踢躂著錫亞爾克特（Sialkot）？[1]

弦月和風勾結，把星星踢進世界盃，喀拉蚩（Karachi）的大鐘響
歪了，和石油交易，偷偷滑動時間射門。

你思量出前程似棉，柔軟的信念為夢錦繡河山，小麥和黃麻用來統
一土地的良心，戒律是茶，泡著一片清真的瓦。[2]

穆斯林的鼻息是一座座的寺，容納愛慾的愉悅和苦歎，先知坐在簷
下看賽，他知道有一顆足球，選擇了屏息。

註：

1、巴基斯坦是世界上足球產品出口第一大國，全球百分之六十的足球，多數是在巴基斯坦的錫亞爾科特（sialkot）製作的。

2、國徽中間有盾徽，盾面分為四部分，分別繪有棉花、小麥、茶、黃麻四種農作物。下端的綠色飾帶上用烏爾都文（巴國語）寫著「虔誠、統一、戒律」。

旦書之舞：Karachi's Dance

陽光三十八克拉，風跳珠瑪舞[1]，你是你的朵拉克鼓。

點燃的煙，就要開始吹笛，拉童年的手拉明天的手拉管他誰的手給時間畫圓圈，我是我的歌，拍拍點點點是喀拉蚩的大鐘，阿拉也探出圖巴（Tuba）歪頭瞧。[2]

Jump！Jump！大步是笑，街上的Bazar（巴札）[3]是間奏，pub是夜的華麗裙擺，搖搖為星月調酒。

踢躂的他是跳不來不準的我的你的你的我的譜：我旋律你的舞，每拍呼吸都團團轉一步雲。

註：

1、珠瑪舞是巴基斯坦信德省（Sind）廣為流傳的民間舞蹈，舞蹈開始時節奏緩慢，一位歌手邊唱邊即興跳舞，其餘的表演者應聲附和，隨著節奏的加快，舞蹈越來越熱烈，在拍手、旋轉中達到高潮。伴奏多以沙赫奈依吹管和朵拉克鼓為主。

2、圖巴（Tuba）清真寺是一座設計新穎的現代式清真寺，一九六九年完成。

3、Bazar即地攤，有賣吃的日用品的、雜耍、舞刀弄劍的，算命和卜卦等等應有盡有。

旦書之六：魚尾獅

半夜你突然回來，我打開門，卻發現自己站在門外。

「陽光筵席S城，迎你一路風光嗎？」「噴水的那隻老獅子含湖淘洗你嗎？」「行道樹也長魚尾遊行嗎？」「暗潮的那洶湧也是你嗎？」

天亮前你的睡眠有了坡度，爬滿回天空的星星；而我在外頭摸黑，等夢從窗框裡跳出來。

註：魚尾獅是一種虛構的魚身獅頭的動物，為新加坡旅遊局標誌。

輯五

解散練習

卦象

整條路上，滿街的來車是一隻隻藏羚羊，我們在時光的士林中奇門遁甲，一路穿過玄黃的來日與作梗的交警；而秋收的雲煙是手中的狼毫，我們一路逆向，整個天空成為未讀的卦象。

入靜

我們將飛鳥藏在眼皮底下，天空被洗劫一空；慌忙中從行李箱裡摔出來的雲朵，在草皮上散落一地，蟬聲已經頹圮了，而秋天入靜。

夜色

一排稍息的麻雀中有鴿子插隊，趕上夕暮的降旗典禮，解散後留下
一座空機場。月光在貓叫聲中長出尾巴，尾隨你躍上沉思的窗台，
一路喵著打聽夢的下落。

今天的上弦月傻傻笑著，有首詩也脊椎側彎。

快遞

朝露在葉尖花式跳水，你用陽光插枝，種出冰雕般的玫瑰；夏天在骨子裡悶騷，燉熟了秋天。

飛鳥快遞，樹幹上的門鈴響了，毛毛蟲紛紛探出頭來，用葉子簽收了鮮果多的季節。

失物招領

玫瑰花鼓著腮幫子，游過一片雲海。

遠方是一封查無地址的退信，明信片上的風景已經過季，寄件人離開了，而收信人始終下落不明。

拆信刀

時光模糊，你的面容有著難以刻劃的血肉；不甚被割傷的手指不知如何拿捏月光，受傷的夜色一片櫻桃紅，讓蒼白的玫瑰有了血色。

朔望之時，我們已然是頓去的筆觸，蹔喪拆解言語的刀鋒。

時光

你站立湖邊，寧靜的目光擊沉了影子，和早秋站成一排排上空的樹，貼耳聽診的孩子留下風聲後跑開了。小鎮伸伸懶腰，門窗打呵欠，燒柴的青春調濃一場霧，時光待你不薄阿！

讀海

捧著洋脊，你不斷翻閱一座海。

一隻海星從浪潮的夾頁中掉了出來，像有聲硬幣滾到腳邊，同時被一雙陌生的手撿起。

月亮也被你拖下水了，匯聚時光的浪頭撲身，整個星空覆在你閉目沉思的臉上。

迷蝶

入冬的葉子伸出手來，揮動了睡夢中的翅膀，將最後的溫度與色澤，留在你的枝椏上。

為了提領秋天，我們以枯萎的姿態飛翔……飛翔……。

過敏

坎煙攀著陽光向上，在天空長出羽狀複葉，一對對吸收風聲的翅翼開始拍擊……

「哈啾！」一本對歲月過敏的詩集打了個大噴嚏，飛行的意識在亂流中摔了出去！我們跌坐在一座中空的地層中，拎著單子葉的影子切片自己。

光圈

時光的腳步聲落成曠野，記得叮嚀落葉，降低秋天的音量。
鄉愁剛剛出土，一身滄桑的山水，都是向你而去的；異地的黃昏開大了光圈，從背後仰望你的淺景，在風中意味深長了起來！

將夜

添加幾匙路燈，滾燙的車聲沖泡街道，咖啡色的人圍坐馬克杯，啜飲自己的遺容。

冬裡落葉是流浪的步履，被光追趕的影子緊急踩了煞車，一隻鳥居高臨下，將黑暗撲倒在身上。

冬景

影子圍觀掌鏡的你，將天空黃金分割，是誰叼來骨感的冬景？貓臉硬說是狗腿，回憶搔了搔癢，木雕的體質落滿歲月的頭皮屑。

葉子們紛紛抱怨，風的笑點太低了！直到炫耀的陽光交出口供，目擊的鳥群才被洗出音效來。

輯六

逆旅

回首

有些日子你總是捨不得丟，像桌曆裡的殘山剩水、天空也放到壞去而發霉。

決定離開的清晨下了一場濃稠的藍色大雪，修復了天空，雲和鳥從胸前次第飛過，但路不拾遺的腳步，總有扭不乾的風雨聲。

意境

你決定離鄉背井，為故事展開結局。

水墨的天空在你臉上暈開，落在人中的枯葉尚存鼻息，那刺骨的寒使你拉緊了影子，緊閉著暮色，你陷入一種意境；只有隨著塵土棲落的風聲，啜飲著杯緣的靜寂。

行路

雪聲冷凝在古剎的鐘口，被山喊成一條荒野初生的激流。

我們是被足音趕集的草民，行於純粹與執拗的鋼索上，黃昏悄然在我們後方蒞臨了坦途，卻從來不走回頭路。

逆旅

我的心跳總是偏蝕，倒映著你的側影，迎面就接住從九霄雲外拋來的鳥鳴；而北風總是逆旅，止不住的耳鳴不斷穿過黃昏的耳朵。

站在波峰上的你被素不相識的目光釘成壁上的攝影，世界與你一牆之隔，寧靜將我們致得更遠了！

旗手

山路讓你忘記了生命的筋疲力竭，草原也靜靜睡進羊群的夢中，不再對星星起高原反應。

繫著月光的哈達，你是站在自己雙肩上揮動黎明的旗手，信手就捻亮了風聲，只要口哨輕輕一吹，就有了鷹隼。

鳥民

入世的啼聲喚醒來時的足跡，於是我們成為黑暗的鳥民，不翼而飛
出潮汐孕育的卵石。
海子燙平滄桑的皺摺後，看見自己心靈的水面，炯炯有神。

石心

沒入光的內心，我們是黑暗的追索者，外掛著雷電與風雨；一顆石頭是否還記得前世柔軟的星光與雲鬢，連孤獨也看在眼裡？而當陽光漫過走低的流水，我知道那是你紛至沓來的呼吸。

阡陌

秋色恰如其分，在你心靈的裂縫處長出一截荒野，肩頭卸下的黃昏
剛被群鴉的叫聲沖走，枯坐的影子從生命的榮光中淡出。
離群的你沿路索居，成為人海中的阡阡陌陌。

過站

一條被追趕的路餓壞了，沿途吞吃旅人的足印；而鄉愁是漸次轉涼的黃昏，搭上因思念繁衍的車廂，宵夜的星星高朋滿座。

行在光與影的田疇中，有座海酣睡在你的上鋪，用窗外的雪深將你著墨。

效應

你用骨子裡的冷養一場雪，窩藏在瞳孔裡的甬破瞼而出，讓目光蝶撞了滿懷，草叢中落滿花色的心跳。

回憶稍息後向天空解散，留下生活陌生地聚攏，水聲在你走後悄然開闢，偶爾風速乖張得使草地變成狂野，一滴朝露引起了軒然大波。

即景

廣場上的鴿子嘟噥著，和平來得真不是時候。

露天咖啡店趕忙將夜景收桌，路燈躲進騎樓，戀人跑進電影，只有偉人維持著永恆的姿勢；一則不斷重複曝光的夢境被反白，細節渺無聲息地下在你我身上，成為一名旅人攝下的雨中即景。

【後記】

解散後，我們才得以無限交集

然靈

——時光中的鳥獸散了，我們在高高躍起的瞬間擊掌，並大聲喊：「ㄙㄢˋ！」就此在龐大而驟然的聚合裡，各分東西。

一切都要從在詩裡排隊的事情開始說起。

記得是大二那年，我修了向陽老師的「報導文學」課，第一篇作品收入於《陽光三蝶》，靜宜大學中文系報導文學班作品集（三），文筆受稱讚而歡天鼓舞；還有寫報告時受到楊翠老師、陳玉峯老師一句評語：「妳可以寫作。」（據說陳老師對於學生的報告只打分數）等師長們的鼓勵而得到莫大信心；當時大學同班好友高恩雅熱衷於詩創作，常常將剛出爐尚熱騰騰的詩作朗誦給我聽，或者譜上曲、拿把吉他自彈自唱起來，那時我們的青春一起唱和著，好詩好詩啊！在受到師長的鼓勵及她的影響下，我也於大三開始大量寫詩，禁錮的靈魂從此在詩中解放了，卻苦了同寢的室友甚慈，常常被迫要對我的新詩作「賞析評論」一番，否則不得入眠！後來她唸了語言所，因為愛上了布農語，終而在多年後的有一天她告訴我：「阿葦，我讀懂了妳的詩！」那心領神會般的神情就像回到部落、聽懂了布農語一樣的燦爛美麗。好在畢業後我們分居了，她不再被我以詩要脅，幸而讀研究所時的同班同學樂地也寫詩，我們在詩的時光裡互相偎著，直到她結婚搬離台中，而我的大學好友恩雅也相繼結婚，雖然她們都不再詩了，但我想幸福的紅毯就是她們最美好的詩路了！

剛開始寫詩時的我，對於詩的語言節奏尚不能掌握，常常寫得詩不像詩、散文又不散文。《解散練習》中〈天空的日記〉二首節錄，是大學時生平參加的第一個文學獎——靜宜的蓋夏文學獎，得到了散文佳作，當時評審老師的評語是：「近乎詩的片段組合，而欠缺散文的主旨」，也因為校刊篇幅的限制沒有被發表，但這樣的寫作方式卻是我剛寫作時最得心應手的寫法，沒想到就是所謂的「散文詩」，成為我創作生命中最早的解散練習。

寫詩將近一個十年了，那些架設在背後強大的光源穿透身體，在心臟聚焦後於眼前顯影，原來我們是一座電影院，轉身回望的一切總是逆光而刺眼。《解散練習》因而以「逆光」為始，我當了自己的背後靈，卻又在「日記」中駭客入侵，將你我連帶去ㄚ（他她牠祂）都抖了出來；「故事」仍在故事的途中，「想回去嗎？」「連門都沒有！」而「旦書」是一長串想像的新鮮腳步，險些在星軌裡迷航，但在「逆旅」時我跟上了自己。二〇〇九年的暮春三月，和為我寫序的雯慧姊姊在雲南梅里雪山轉山，一個月後回台的「解散練習」，紮紮實實地蓋在冰天雪地上的不是郵戳的腳印，而是畫押的藏詩票，再也沒有什麼比這更令我感到驚世駭俗的了！

解散練習仍在持續解散中，框住的人生風景將是切過邊的麵包，只有山稜的極端、或是海天的縫線。

感謝天賜給我的敏銳靈光；感謝蘇紹連老師，讓我人生中的第一本散文詩集《解散練習》得以處僻靜而喧譁地吹鼓吹；在這條詩路上，感謝詩人趙天儀老師、吳晟老師、路寒袖老師的知遇之恩；還有指導教授向陽老師，從大學以來一直關心著我的創作和論文；還有在我幾乎放棄夢想希望時拉我一把、卻又寬容鼓勵我的陳建忠老師，更多的時候，像父親一樣關心與教導著我，不只是學業，更是人生的精神導師；還有為我序之的嚴把拔，我是遺傳了詩的偏執與任性的女兒；謝謝黃智溶老師的序評、和大學時就鬼混在一起的雯慧姊姊，我們以為出口隨手被關了，卻無意間成為旋轉門，背包著如來如往！還要謝謝雨媽和小敏媽媽，三不五時和我寫信、在我水深火熱的日子裡說說話鼓勵我、還有摯友小螃蟹夫妻等好多親朋好友詩友，抱歉未能一一提及，但必定以詩集相許；謝謝辛苦的美編及秀威資訊，排好隊，我們一起練習解散吧。

「ㄙㄢˋ！」

張葦菱（然靈）的創作年表

二〇〇三年・在新聞台寫詩認識曹尼、曾念、王浩翔、伍季、李長青、王宗仁等詩友，也在恩師陳建忠及前輩詩人嚴忠政、紀小樣、蘇紹連老師鼓勵下創作持續不輟。

二〇〇三年・加入吹鼓吹詩論壇，和曹尼任「地方詩版」版主。

二〇〇三年・第一首詩作〈我的母親會針灸〉刊於《笠》詩刊第二三六期。

二〇〇三年・〈肉身n問〉獲政治大學長廊詩獎第二名。

二〇〇三年・〈虛無主義書〉獲台中縣文學散文獎。

二〇〇三年・跟著研究布農語的好友甚慈到南投縣信義鄉地利村田調，寫下〈達瑪巒的雨季〉，詩獲第三屆乾坤詩獎第二名。

二〇〇四年・就讀靜宜大學中國文學系台灣文學組碩士班，常和研究所同班同學暨室友樂地一起創作討論。

二〇〇四年・任文建會刊物《文化視窗》編輯。

二〇〇四年・〈傳說〉獲台中縣文學新詩獎。

二〇〇四年．〈夢遊〉獲基隆市第二屆海洋文學新詩獎佳作。

二〇〇四年．為布農族小說家好友乜寇．索克魯曼寫的詩〈卡里布安的少年Neqou〉獲第一屆詩人彭邦楨紀念詩獎。

二〇〇四年．跟著乜寇及友人驅車連夜去台東，參加排灣族小說家亞榮隆．撒可努的部落豐年祭，寫下〈拉勞蘭的風人〉，詩獲新竹縣吳濁流文藝獎第三名。

二〇〇四年．第一首散文詩作〈砍樹〉刊於《台灣日報》第十七版，二〇〇四．四．二。

二〇〇五年．〈烏鴉喝水的故事〉獲第一屆喜菡文學新詩獎佳作。

二〇〇六年．〈後機車革命〉等五首詩作獲教育部文藝創作獎學生組新詩優等。

二〇〇七年．〈還有〉獲第二屆喜菡文學新詩獎佳作。

二〇〇七年．獲全國優秀青年詩人獎。

二〇〇七年．〈以海之名——記菊島〉獲澎湖第十屆菊島文學獎首獎。

二〇〇七年．〈摩訶〉獲第一屆風起雲湧青年文學獎（佛光獎）。

二〇〇七年．個人部落格「鳥可以証明我很鳥」獲第一屆台灣文學部落格獎優選。

二〇〇八年．〈位置〉獲第十屆中縣文學新詩獎。

二〇〇八年．台中圖書館青年文學創作數位化作品購藏詩作〈貓步〉、〈下廚〉。

二〇〇九年．詩作〈感冒〉收入向陽編《二〇〇八台灣詩選》，二魚文化出版。
二〇〇九年．〈黃昏地帶〉獲第十一屆中縣文學新詩獎。
二〇〇九年．個人創作詩集《鳥可以證明我很鳥》獲國藝會補助即將出版。

國家圖書館出版品預行編目

解散練習 / 然靈著. -- 一版. -- 臺北市
：秀威資訊科技，2010.06
面； 公分. -- (語言文學類；PG0385；
吹鼓吹詩人叢書；5)
BOD版
ISBN 978-986-221-507-4 (平裝)

851.486 99010401

語言文學類 PG0385

吹鼓吹詩人叢書05

解散練習

作　　者/然　靈
主　　編/蘇紹連
發 行 人/宋政坤
執行編輯/黃姣潔
圖文排版/陳湘陵
封面設計/陳佩蓉
數位轉譯/徐真玉　沈裕閔
圖書銷售/林怡君
法律顧問/毛國樑　律師
出版發行/秀威資訊科技股份有限公司
台北市內湖區瑞光路583巷25號1樓
電話：02-2657-9211　傳真：02-2657-9106
E-mail：service@showwe.com.tw

2010年 6月 BOD一版
定價：160元

讀者回函卡

感謝您購買本書，為提升服務品質，請填妥以下資料，將讀者回函卡直接寄回或傳真本公司，收到您的寶貴意見後，我們會收藏記錄及檢討，謝謝！
如您需要了解本公司最新出版書目、購書優惠或企劃活動，歡迎您上網查詢或下載相關資料：http:// www.showwe.com.tw

您購買的書名：________________________________

出生日期：________年________月________日

學歷：□高中（含）以下　□大專　□研究所（含）以上

職業：□製造業　□金融業　□資訊業　□軍警　□傳播業　□自由業
　　　□服務業　□公務員　□教職　□學生　□家管　□其它_____

購書地點：□網路書店　□實體書店　□書展　□郵購　□贈閱　□其他

您從何得知本書的消息？
□網路書店　□實體書店　□網路搜尋　□電子報　□書訊　□雜誌
□傳播媒體　□親友推薦　□網站推薦　□部落格　□其他__________

您對本書的評價：（請填代號　1.非常滿意　2.滿意　3.尚可　4.再改進）
封面設計____　版面編排____　內容____　文／譯筆____　價格____

讀完書後您覺得：
□很有收穫　□有收穫　□收穫不多　□沒收穫

對我們的建議：________________________________

____

____

____

請貼
郵票

11466
台北市內湖區瑞光路 76 巷 65 號 1 樓
秀威資訊科技股份有限公司 收
BOD 數位出版事業部

（請沿線對折寄回，謝謝！）

姓　　名：＿＿＿＿＿＿＿＿　年齡：＿＿＿＿　性別：□女　□男

郵遞區號：□□□□□

地　　址：＿＿＿＿＿＿＿＿＿＿＿＿＿＿＿＿

聯絡電話：（日）＿＿＿＿＿＿＿＿（夜）＿＿＿＿＿＿＿＿

E-mail：＿＿＿＿＿＿＿＿＿＿＿＿＿＿＿＿